C

D1079756

Sinéad Damhsa

Sos 2

Chistin

Sos 3

Daifní Dineasár

Sos 4

Sailí na Spotaí

5

Fiacla Mhamó

Sos 6

Bróga Thomáis

Sos 7

Dath

Sos 8

Gruaige

Sos 9

An tUan Beag Dubh

Sos

Glasa

Sos 11

Deirdre agus an Fear Bréige

ÚNA LEAVY

• léaráidí le Maeve Kelly •

Cló Uí Bhriain
Baile Átha Cliath

An chéad chló 2001 ag
The O'Brien Press Ltd/Cló Uí Bhriain Teo,
20 Victoria Road, Dublin 6, Ireland.
Fón: +353 1 4923333; Facs: +353 1 4922777
Ríomhphost: books@obrien.ie
Suíomh gréasáin: www.obrien.ie
Athchló 2003, 2005.

ISBN: 0-86278-713-0

3 4 5 6 7 8 9 10
05 06 07 08 09 10 11

British Library Cataloguing-in-Publication Data
Leavy, Una
Deirdre agus an Fear Breige
1.Children's stories
I.Title II.Kelly, Maeve, 1930-
823.9'14[J]

Faigheann Cló Uí Bhriain cabhair
ó Bhord na Leabhar Gaeilge

Eagarthóir: Daire Mac Pháidín
Dearadh leabhar: Cló Uí Bhriain Teo
Clódóireacht: Cox & Wyman Ltd

Bhrostaigh Deirdre abhaile
ón scoil.

Ghlaoigh a cairde uirthi
ach níor stop sí.

Thit peann luaidhe as a mála
ach níor stop sí.

Lean madra í
ach níor stop sí.

Bhuail sí an doras isteach.

'A Mhamaí! A Mhamaí!
Éist le seo!' arsa Deirdre.

'Tóg go bog é,' arsa Mamaí,
'tá an cat ina chodladh!'

'Ó, a Mhamaí, éist!'

arsa Deirdre arís.

'Tá dráma ar siúl againn

ar scoil.

Is mise **an bhanríon**!'

'Go hiontach!' arsa Mamaí.

Tháinig Daidí isteach ansin.

'Is mise an bhanríon

sa dráma ar scoil,'

arsa Deirdre leis.

'Go hiontach!' arsa Daidí.

'Caithfidh mé coróin speisialta
a dhéanamh,' arsa Deirdre.

'Ó,' arsa Mamaí,
'cabhróidh mé leat.'

'Cabhróidh mise leat freisin,'
arsa Daidí. 'Ach anois,
caithfidh mé **fear bréige**
a dhéanamh.
Cé a chabhróidh liomsa?'

'Cabhróidh mise agus fáilte,'
arsa Deirdre.

Fuair Daidí seanbhríste caite.

Fuair sé seanghúna.

'An bhfuil seanhata
in aon áit, a Dheirdre?'
ar seisean.

D'fhéach Deirdre
ina cófra.

Bhí léine ann.

Agus geansaithe.

Agus brístí.

Agus sciortaí.

Agus bréagáin.

Agus leabhair.

Chonaic sí

caipín breá dearg.

'Sin é,' arsa Deirdre.

Ansin chonaic sí **geansaí**
a rinne Aintín Nuala di.
Geansaí buí agus dearg
agus corcra agus oráiste –
nach é a bhí gránna!

'Is fuath liom an geansaí sin!'
arsa Deirdre.
'Ach, is geansaí breá é
don fhear bréige.'

'Ó,' arsa Daidí, nuair a
chonaic sé an geansaí,
'ná tóg é sin, a Dheirdre.
Beidh Aintín Nuala crosta.'
'Ní bheidh,' arsa Deirdre.
Ach ní raibh sí cinnte.

'Seo duit hata!' ar sise.

'Go hiontach!' arsa Daidí.

Amuigh sa chlós,

fuair siad bataí agus tairní.

D'iompair Deirdre na tairní.

D'iompair Daidí na bataí

agus an casúr.

Amach leo go dtí

an gort coirce.

Bhí an coirce glas agus buí

ag luascadh go mall

sa ghaoth.

'**Scuit**!' arsa Daidí

nuair a chonaic sé na héin.

'**Scuit**!' arsa Deirdre.

'Ná hithigí an coirce.'

Thosaigh siad ag obair.

Rinne Daidí cros leis na bataí.

Sheas sé sa ghort í.

'Sin é an corp,' ar seisean.

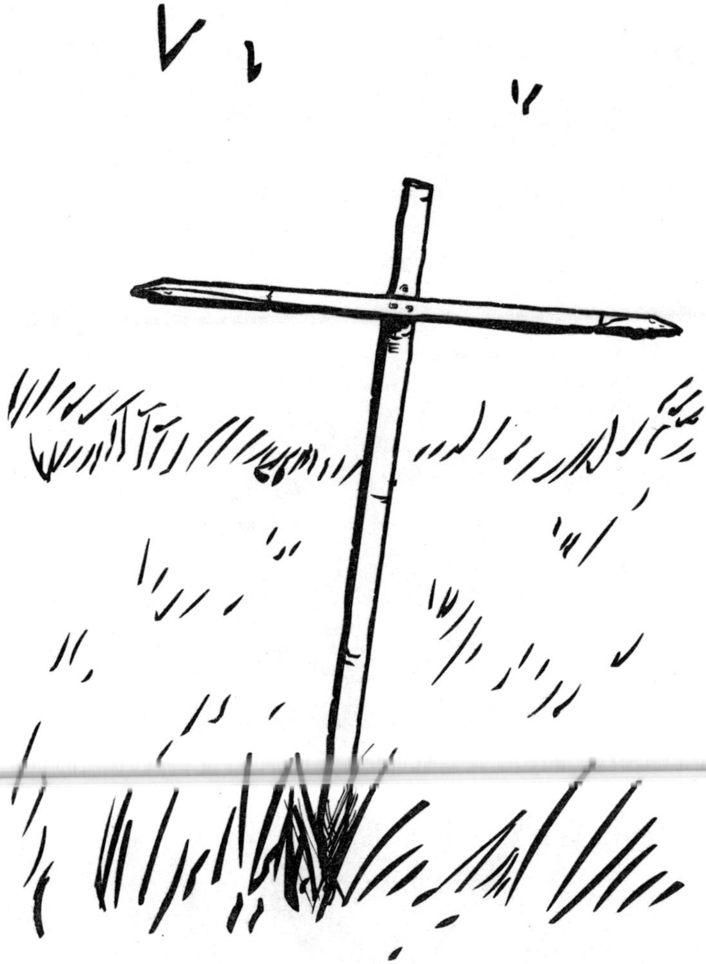

Rinne Deirdre ceann
as an seanghúna caite.
Líon sí le tuí é.
Tharraing sí súile
agus srón mhór fhada
ar a aghaidh.

Tharraing sí béal breá mór.

Bhí an fear bréige **ag gáire**.

Nuair a bhí sé déanta,

chroch Deirdre an bríste air,

agus an geansaí gránna.

Chroch Daidí an caipín

ar a cheann.

Sheas siad tamall
ag féachaint air.

'Páidín is ainm dó,'
arsa Deirdre ansin.
'Nach bhfuil sé go hálainn!'

Bhí an ghealach ag éirí.

Bhí réaltaí sa spéir.

'Oíche mhaith, a Pháidín,'
arsa Deirdre,
agus d'imigh siad abhaile.

Bhí Mamaí ag féachaint
ar an teilifís.
'Caithfidh mé mo choróin
a dhéanamh anois,'
arsa Deirdre.

Fuair Mamaí siosúr
agus cairtchlár.

Fuair Daidí gliú agus tinsil.

Fuair Deirdre péint gheal.

Ghearr Mamaí an cairtchlár.

Ghreamaigh Daidí an choróin
le chéile.

Chuir Deirdre an phéint air.

Ar deireadh,

bhí an choróin déanta.

Nach í a bhí thar barr!

Bhain Deirdre triail aisti.

'Go hálainn!' arsa Mamaí.

'Mo bhanríon speisialta féin,'
arsa Daidí.

An oíche sin, d'fhág Deirdre
an choróin ar leac na fuinneoige
sa chistin.

Bhí an fhuinneog ar oscailt,
ach ní fhaca Deirdre é sin.

'Oíche mhaith, a Mhamaí,'
ar sise.

'Oíche mhaith, a Dhaidí.'

Suas an staighre léi
go dtí a seomra codlata.

Ar maidin, bhuail Deirdre isteach
sa chistin.

Ní raibh an choróin
ar leac na fuinneoige.
'A Mhamaí! A Dhaidí!
Tá mo choróin imithe!'

Rith Deirdre síos an cosán.

Bhí an cat ar an mballa.

'Ar thóg tusa mo choróin?'

arsa Deirdre leis.

'Miau,' arsa an cat,

agus dhún sé a shúile.

Bhrostaigh Deirdre
isteach sa ghairdín.
Bhí éan beag bídeach
ag canadh go bog.
'An bhfaca tú mo choróin?'
arsa Deirdre leis.

'**Bí-bí-bí-bíp**,' arsa an t-éan,

agus suas leis san aer.

Ní raibh an choróin sa chlós.

Ní raibh sí sa stábla.

Amach le Deirdre
go dtí an gort coirce.

Bhí an coirce glas agus buí
ag luascadh is ag damhsa
sa ghaoth.

D'fhéach Deirdre timpeall.

Bhí an fear bréige

ina sheasamh i lár an choirce.

Bhí an **choróin** álainn órga
ina suí ar a chaipín!
Bhí meangadh gáire mór
ar a aghaidh aige!

'Ó!' arsa Deirdre,

'is **rí iontach** thú, a Pháidín.'

Phóg sí an fear bréige
agus rith sí abhaile.

'Tá mo choróin

ar an bhfear bréige,'

arsa Deirdre.

'An ghaoth a sciob í,

is dócha,' arsa Daidí,

'nó b'fhéidir snag breac!'

'Nó b'fhéidir an cat!'
arsa Mamaí.
'Faigh an choróin, a Dheirdre,
mar tá an bháisteach
ag teacht.'

'Bhuel,' arsa Deirdre,
'is maith le Páidín an choróin.
Is rí iontach é.'

Mamaí bhocht!

Daidí bocht!

Bhí orthu coróin eile

a dhéanamh.

Agus tar éis uair an chloig
bhí banríon álainn sa teach arís!

Thóg Daidí grianghraf speisialta.

An Rí agus An Bhanríon le chéile!